WONDER
TODOS SOMOS ÚNICOS

ESCRITO E ILUSTRADO POR **R. J. PALACIO**

Traducción de **Ricard Gil**

Papel certificado por el Forest Stewardship Council®

Título original: *We're All Wonders*

Primera edición: abril de 2017
Tercera reimpresión: mayo de 2019

© 2017, Raquel Jaramillo Palacio, por el texto y las ilustraciones
© 2017, Penguin Random House Grupo Editorial, S. A. U.
Travessera de Gràcia, 47-49. 08021 Barcelona
© 2017, Ricard Gil, por la traducción

Printed in Spain – Impreso en España

ISBN: 978-84-16588-39-8
Depósito legal: B-4.951-2017

Compuesto en M. I. Maquetación, S. L.

Impreso en Talleres Gráficos Soler, S. A.
Esplugues de Llobregat (Barcelona)

NT 8 8 3 9 B

Penguin
Random House
Grupo Editorial

Para Nathaniel Newman, un ser realmente único,
y su maravillosa familia, Magda, Russel y Jake.

Para Dina Zuckerberg y la familia de MyFace.
Os admiro.

Sé que no soy un chico normal.

Por supuesto, hago cosas normales.

Monto en bici.

Como helados.

Juego a la pelota.

Pero no tengo un aspecto normal.

Soy diferente a los otros chicos.

Mi madre dice que soy único.
Dice que soy maravilloso.

¡Mi perra Daisy está de acuerdo con ella!

Pero algunas personas no se dan cuenta
de lo singular que soy.

Lo único que ven
es que soy diferente.

A veces se me
quedan mirando.

Me señalan
o se echan a reír.

Incluso me critican
a mis espaldas.

Pero yo los oigo.

Me duele en el alma.

También le duele a Daisy.

Cuando esto sucede, me pongo el casco.

A Daisy también le pongo el casco. Y entonces…

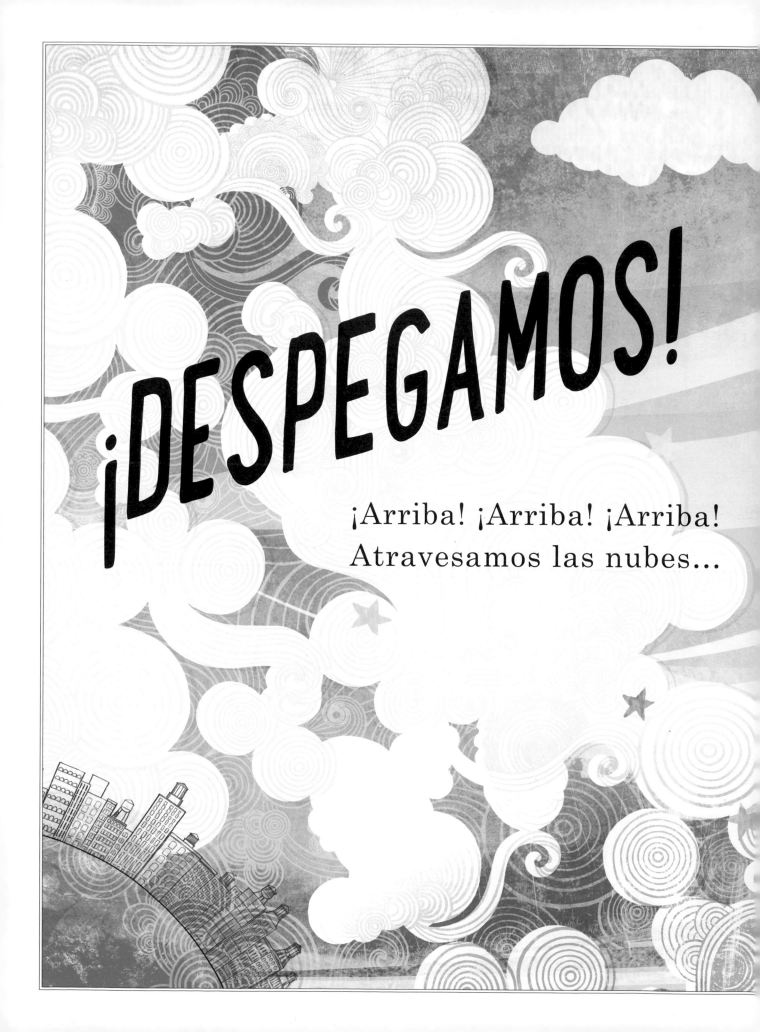

¡DESPEGAMOS!

¡Arriba! ¡Arriba! ¡Arriba!
Atravesamos las nubes...

... cruzamos la galaxia...

... ¡hasta Plutón!

Saludamos a los viejos amigos.

Desde tan lejos, la Tierra
parece muy pequeña.
No se ven las personas.
Pero sé que están ahí.

Millones y millones
de personas. Personas de
distintos colores. Personas
que caminan y hablan de
modo distinto. Personas
con aspecto diferente.
¡Como yo!

En la Tierra hay espacio
suficiente para todo tipo
de gente.

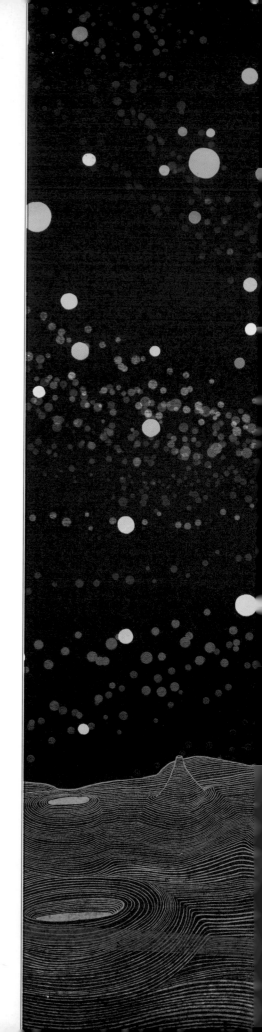

Sé que no puedo cambiar el aspecto
que tengo.

Pero tal vez, tal vez...

... la gente sí puede cambiar su modo
de percibir las cosas.

Si lo hacen, verán que soy único.

Y verán que ellos también lo son.

¡Todos somos únicos!

Mirad con bondad
y descubriréis
cosas únicas.